SHIGUANG
SUIDAO

时光
隧道

光阴似箭

岁月如梭

牵着文学的素手

为枯燥的生活增添一缕文学情怀

罗玉德 著

黄河出版传媒集团

阳光出版社

图书在版编目（CIP）数据

时光隧道 / 罗玉德著. -- 银川：阳光出版社，
2023.9

ISBN 978-7-5525-7040-3

Ⅰ.①时… Ⅱ.①罗… Ⅲ.①诗集—中国—当代
Ⅳ.①I227

中国国家版本馆CIP数据核字（2023）第182196号

时光隧道

罗玉德　著

责任编辑　赵　倩　申　佳
封面设计　圣立文化
责任印制　岳建宁

黄河出版传媒集团
阳　光　出　版　社　出版发行

出 版 人　薛文斌
地　　址　宁夏银川市北京东路139号出版大厦（750001）
网　　址　http：//www.ygchbs.com
网上书店　http：//shop129132959.taobao.com
电子信箱　yangguangchubanshe@163.com
邮购电话　0951-5014139
经　　销　全国新华书店
印刷装订　四川金邦印务有限公司
印刷委托书号　（宁）0027387

开　　本　880 mm×1230 mm　1/32
印　　张　6.75
字　　数　120千字
版　　次　2023年9月第1版
印　　次　2023年9月第1次印刷
书　　号　ISBN　978-7-5525-7040-3
定　　价　56.00元

光阴似箭，时间如梭

转眼就是几十年

在人生的起点

我们呱呱坠地

喊醒了沉睡的雄狮

在成长过程中

我们又经历坎坷

和不平凡的人生

到人生古来稀的年龄

我们回味，我们总结

把精彩呈现

这就是时光隧道的闪光点

我们留恋

我们珍惜

把岁月打磨成精彩的瞬间

时光隧道
道

序

　　本诗集收录了作者近两年所作诗词，积累了大半生的心血和写作成果，语言纯朴，构思巧妙，把作者美好的心灵表达，让喧嚣的城市再现本真，深情的语句镌刻在读者心间，简单的文字让人感动。本书的作品体现了作者的真善美，如《与雕塑家对话》和《游仙市古镇》有感而发，让读者在阅读后变成自己记忆里永恒的画卷；又如《春天里的那一汪汪绿》简短朴实的文字是作者对大美山川的歌颂；还有许多写家乡变化的文字，体现了他对家乡的无限热爱。心灵时刻激荡着诗的灵感，如沐春风，相信会让读者以愉悦的心情在诗的海洋里遨游，默默阅读每一篇意境深远的诗作，会在温情相依的时光里永恒。

　　本书内容通俗易懂而又充满诗意，它贴近生活、富有哲理。正所谓优秀的作品情暖心间，作者正是以优美的文字邀约一曲曲长流水，真挚地抒发了内心世界的感情，如《渴望的眼神》和《心灵美的女士》，在作者的笔下，变成了一份文学真情，相信会默默珍藏在读者们的心中。

温馨的句子在作者诗词里荡起一朵最清澈的浪花，牵着文学的素手，为枯燥的生活沉淀一缕文学情怀，与博大精深的诗歌同驻，不离不弃。

《建党百年》对党的歌颂，体现了作者对党的深情；《八一军旗红》反映了作者对军队的热爱和对军队生活的怀念。

更多的作品是作者对大自然的感悟、对生活的热爱以及未来美好生活的向往！

感谢读者对本书的关注，文学道路上有您一份浓浓的真情，传递着无限的温馨……

目 录

时光隧道

建党百年

中国共产党历久弥坚

走过了百年艰辛的历程

把革命的大旗渲染

从井冈山到红船

从万里长征到

新中国成立的1949年

经历过血与火的考验

三中全会

下放土地承包经营权

把农民、农村、农业串联

使农民勤劳致富

改革开放的那一年

把外向型经济搞活

国力得到全面发展

科技创新

火箭飞船

中国在太空建立空间站

月球车登月

把喜讯传遍

港珠澳大桥的奇迹

和贵州天眼的出现

使中国强壮无限

百年来

靠党的指引

振奋人心的消息一个接一个

绝世空前

党的领导功不可没

永远指挥我们向前向前

2021年6月30日于四川自贡

党，您是我的夜明灯

每当我遇到困难的时候
您好像在夜幕中奔跑
一闪一闪地提示我
前面有暗礁和豺狼虎豹

在我遇到挫折的时候
您总是开导我
要有信仰和追求
坚持生命的意义

在我刚入党时
党史知识欠缺
您告诫我要谦虚谨慎
多向老前辈请教

追求共产主义
在不断受挫中前行
党告诉我

那是青年最宝贵的经验

在带领青年奋斗时
您总是告诉我
要锻炼成坚强的接班人
实现中国梦的目标

脱贫攻坚治理贫困
您告诉我要因地制宜
放下架子一对一指导
扶贫先扶智，改变贫穷落后的面貌

在乡村振兴时
您总会鞭策我
人民过上好日子
就是我们奋斗的向导

多少政策、措施您领航
农业银行的发展方向
您总能包容
把责任担当亮在我们心上

2021年6月29日于四川自贡

八一军旗

我仰望着八一军旗
仿佛看到全体军人的荣誉
他代表着军人的力量和职责
军旗，你用鲜血铸就
十四亿中华儿女崇敬您

每当您在祖国上空
高高飘扬
我就想起黑暗中的伟大民族
受到的欺凌
和长期在水深火热中摸索的过去

九十四年前
您把大旗插在南昌
指挥了一场大规模的起义
经历过第一、第二次国内革命战争的洗礼
您的意志坚强无比

在军队里

有军旗在就会凝聚士气

每一场战斗

战士们都会把军旗举过头顶

插在胜利的高地

和平年代的八一军旗

很神奇

祖国海岛、边防都需要您

您的存在把记忆

深深扎根在全国人民的心底

2021年7月18日于四川自贡

八一军旗红

南昌起义

铸就了八一军旗

多少仁人志士

用鲜血把军旗染红

他代表着人民军队的建立

也代表着中国建起铜墙铁臂

从此外敌不敢轻易入侵我国领地

南昌起义打响了武装反抗国民党反动派的第一枪

经过第一次国内革命战争

抗日战争、解放战争

全国人民浴血奋战

把外敌赶出中国

共产党人用生命

换来了幸福与安宁

2021年7月27日于四川自贡

一座有盐有味的城市

一个著名的盐工业城市
卤水就是它的全部
这片土地上的人们
很富有人情味
为此幻化成一座有盐有味的城市

自贡的豆花盐重
冷吃兔儿味重
火锅要求麻辣
盛产刀刀爽牛肉
餐饮搭配着主人家的热情

"回锅肉来了来了的……"
吆喝声
轻轻弹去城市上空的浮华
蘸水豆花
让你吃饱吃个够

藏在餐桌上的心事
丰盛的菜肴让人看着就不想走
这就是自贡人的豪爽
也是这座有盐有味城市的
标志

它还有一个灯会城市的别名
这里的灯会玄幻斑斓
堪称国际恐龙灯会
当你来到这座城市
就会自然而然地接受下一次邀请

2021年1月11日于四川自贡

春天来啦

春天来啦
人们向窗外张望
探寻春的讯息
此时阳光洒满大地
我糅和的心绪徜徉在春里

春天来啦
万物吐出新芽
绿色的生命
盖过一切
常有太阳出来做证

春天来啦
喜鹊叫个不停
带来无限生机
植物拔节地长
展现一幅幅春的盛景

春天来啦

人心躁动

纷纷从山脚下来到山顶

纵览世间风景

把一片片绿拥入怀里

2020年2月17日于四川高县

春天里的那一汪汪绿

早春时节
万物苏醒
绿色的生命越来越强盛
山川田野都变成了
黛青色的海洋，极具神韵

那汪绿
在我眼眸里清澈透明
这是让人们心情舒畅的季节
也是人们外出踏青的好时晨

站在高岗上
你看整个田野山花烂漫
草木葱茏，万物充满生机
心中的那汪绿
赋予旷野无限的生命

在印象深刻的绿色世界里

小草露出了头
让大地有了大片盎然的色彩
和变幻的柔情

也让这座城市
增添了一抹动人的旋律
绿色的世界是梦幻的世界
绿色在画家的调色板上
是很难调和的一种期冀

可这绿色是春天的主色调
绿色在涌动
越过宽广的胸怀
走向生生不息的广阔天地

2021年4月28日于四川自贡

醉春风

站不稳的春风
飘飘荡荡
一会儿高山
一会儿海洋
那里是她的家
没个准确的地方

你看昨天她多喝了二两
迷迷糊糊撞到树身上
树不认账挡了她一下
没挡住就去了远方

春风越过山塘
水面荡起波浪
漾给大雁和人们欣赏
天空中灿烂的朝阳
在水波上闪耀金光
那个美轮美奂的景象

似春风在徜徉

春风越过草地
青草点头哈腰
笑迎风儿入怀
任你招摇
带走身上的尘埃
醉春风
最终消失在人海

2021年3月30日于四川自贡

五月骄阳

五月的太阳
尽管还不十分成熟
但仍然让人揪心可叹

刚跨进五月的大门
一波又一波热浪扑面而来
太阳也毫不客气地
把高温投放到大地和人间

这种似穿透人体的强光
和炙烤水分的高温
攻击着地球每个生命的风险

太阳就这样
使出浑身招数
破坏人与自然的平衡的隐患

你看老年人摇着风扇

青年人和小孩
躲进了有空调的房间
农作物也耷拉着脑袋
向高温低头

只有风暴和聚集的气流
还有人工降雨
才能使骄阳
变得温顺轻柔

2021年5月18日于四川自贡

端午节

端午节
我们不吃粽子
我们消化与粽子有关的《离骚》《九歌》
我们不抢鸭子
抢纪念屈原写诗的技巧

纪念屈原
我们不写诗
我们画画
画屈原跳江的风骨、灵魂

端午节
我们不喝雄黄酒
我们喝丰谷酒
有屈原的跳江
才有农民的粮食丰收

纪念屈原

我们不搞活动
我们在微信里开会
专门交谈与屈原有关的故事

端午节
走亲访友不送礼
我们送感恩
送屈原的爱国主义情怀
把纪念屈原当成耳濡目染的文化

2020年6月19日于四川自贡

端午感怀

端午节
糍粑把粽子联系在一起
不是进步了
而是一个蒸来一个煮
都是为了纪念屈原

过去的糍粑
是送给丈母娘的
而今的粽子是自己家用的
只要吃了粽子
一年就会风调雨顺

据史记载五月初五
屈原自投汨罗江
为了寄托哀思
人们荡舟江河之上
后来发展成为龙舟竞赛

五月初五
鸭子在江里游弋
让我们追抢
划着优雅的龙舟
纪念屈原

五月初五
民间还有吃雄黄酒
和挂菖蒲的习惯
据说
也是为了纪念屈原

2021年6月15日于四川自贡

走近"六一"

从孕育母胎
就向往六月
当我们儿童节醒来
已到了六岁年龄

天真烂漫的我
只知道和小伙伴一起捏泥塑
玩过家家、打纸板
就似童年无忧

回望幼时的天空
是那么纯净湛蓝
也不记大人的责骂
和纠结

每当我们走近木工、车床
的高档儿童玩具
才知道简单的纸板

就是我们儿时的全部

记忆犹新的过往
随着年龄的增长
已把儿时记忆摔得粉碎
如今我们当起孙辈的
玩偶
弥补了老顽童的往日孤独

2020年6月1日于四川自贡

夏日

炎热天气
把人们炙烤得难受无比
竟然会疼痛到骨髓里

心情浮躁
人们都无法做事
就连情绪都难以控制

鸟儿鸣叫
把可恶的高温责怪到底
就连身体都无法舒适

太阳无情
也把热浪灌满辽阔大地
就连蚂蚁都无法栖息

东边无雨
宇宙中弥漫着滚烫空气

世间生物也奄奄一息

炎热夏季
不时电闪雷鸣或暴风骤雨
有的稻谷麦穗都会受灾失去

2020年5月8日于四川自贡

炎夏

五黄六月

太阳热情似火

把皮肤晒成深暗色

同时也钻心的疼痛在心里

天空不下雨

地里的庄稼也抬不起头

扒拉着脑袋无精打采

太阳

把劳动人民赶进了

阴凉的毡房

你看空气中也弥漫着

浓浓的火药味

像地上炒鸡蛋

似墙上烤牛排

这样的天气真撩人

你看猪牛羊热得直唱歌

鸡鸭鹅忙游泳

狗也伸长舌头流唾液

是不是老天爷不给面子
要让人民守着这样糟糕的时光
喝西北风吗
好不容易熬了整个白天
终于等到太阳下山了
迎来一丝丝清凉
适合庄稼伸展身体不断生长

2021年6月7日于四川自贡

热也生崽儿

从前

只知道世界最低盆地吐鲁番

天上热四十度

地上热四十六度

墙上热五十六度

这是聚热地带

多年后

没想到热生了许多崽儿

全国各地都出现高温

有好几个地方

发出了红色预警

今天的南方人

什么事都不想干

全都在朋友圈"悼念"

一个叫热的崽儿

因为热"死"了

热是太阳光透过大气层

把地面上的大量水分

蒸干的反应
这时太阳放出了火红的热情
爱你有点儿过分
晒伤了皮肤和脆弱的心
为什么热不断地发展
是因为热也有生命
它也需要传承
温度的变化就是热的延伸

2021年8月6日于四川自贡

云似图

晴朗的天空

衬托出了美丽的彩云

把人们对大自然的想象

印在了天际

是你与生俱来就好看

还是画家先把你描绘

画家说

你的成像

就是画笔的依据

你一会儿是云

一会儿是雪

一会儿是雨

依恋着山峦

风把你打造成不同的图案

也让你催促出暴风骤雨

可云在画家心里

永远定格为似少女的美丽

这朵云她会飘向那里

我们不可而知
她会存在多久也不得而知
只有在画家笔下
她才能成为永恒的话题

2021年9月3日于四川自贡

秋雨

淅淅沥沥

润物细无声

似雨露似甘霖

期盼的雨下个不停

这是自然的转换

是季节的轮回

秋冬的思恋

秋雨，你洋洋洒洒很好看

你驱逐了炎热

让空间凉爽

你变成露珠

青草为你守望

你滋润大地

万物出现生机模样

你的到来改变了世界

我们为你欢喜为你歌唱

你为大自然增添了

生命的力量

你在大气层孕育

我在天空下观赏

迎接你的仍然是不灭的希望

2021年8月24日于四川自贡

秋景

清晨
秋高气爽
风儿很凉
万籁俱寂
一阵阵狂风
把秋色秋景刷新刷亮

踏入收获的季节
黄澄澄的果实缀满枝头
稻谷沉甸甸的清香
玉米棒子金黄
让我们控制丰收的欲望

枫林黄叶洋洋洒洒
亲吻大地
美丽的秋景
沉淀踏实的思绪和梦想
秋风飘过秋天的味道

秋天的气候不热不凉
把湛蓝的心情带给远方

天空白云朵朵
洁净的空气
让人神怡心旷
这就是秋景
带给我们无限的遐想

2021年9月10日于四川自贡

秋思（一）

进入秋

不如约而至

热浪仍然绕着人前行

不是汗洒秋天

也会人心惶惶

渴，不见汗水流

体力透支——中暑

期待秋风扫落叶

让凉爽闯入思维空间

把炎热驱逐出境

还秋色秋景秋气象

我思恋秋高气爽

更期待满地金黄

把丰收装满幸福的竹筐

秋天葡萄熟了

苹果、橘子也挂满枝头

西瓜、芒果、橙子也香甜诱人

柚子、柠檬、枣也向你奔来

这丰收的景象

真让人心旷神怡

感受秋天的喜悦

2021年8月31日于四川自贡

秋思（二）

一轮圆月高挂蓝天

映入眼帘

让我凝望中秋夜

那月饼的香甜

今夜月明人尽望

不知秋思落谁家

嫦娥向往人间

把我们抱着月亮沐浴

洗净人间铅华

当做终生追求目标

她羡慕人间

只有在中秋佳节才能寄托相思

只有在人间

才能领略幸福而美好生活

2020年10月1日于四川自贡

秋之韵

天气渐渐变凉
万物皆静
一片黄叶悄然离开树梢
亲吻大地

田野一片金黄
这时天空湛蓝
几朵淡淡的云彩
就像美丽少女

缓缓向我们走来
她把洁净的容貌呈现
向人间抛洒着
无限的柔情

秋天是收割的季节
粮食成熟了
劳动人民笑颜里有了

丰收的喜悦

秋天
蝉鸣声不断
仿佛告诉我们
秋的硕果已备齐
从秋到冬再迎春

2020年7月26日于四川自贡

中秋月色

今年的中秋夜
晴空月弦
月色柔和迷人
好像仙女
刚从月宫沐浴出来
洁白无瑕
朦胧中带点儿羞涩
在银灰色的光环下
我不禁感叹：
月卧中秋想嫦娥
吟诗作画恋吴刚
难忘今宵景色美
怎忘故乡父老情

在墨蓝色的天际
只有皎洁的月亮
向我们施以温和的情感
看到她

就更加思念故乡的亲人

月色把我们带到

万家团圆的境地

景色别样新

月是故乡明

我们期待万家团圆

我们感叹中秋月色

是每年的这个时节

月色带给我们无限的遐想

2021年9月20日于四川自贡

中秋随想

中秋是国人的传统节日

这让我想起小时候

吃糍粑

那软绵绵的甜甜的香

让我经久回味

这是爸妈的杰作

每年到中秋佳节

家里都要将储存很久的糯米

蒸熟放在墩窝里

捣烂直到成为绵状的粑粑

称为糍粑

再把豆粉、白糖拌匀

蘸着吃

又香又甜美味可口

是一道传统的美食

为什么要吃糍粑

据说是与中秋月有关

糍粑的口感香甜

寓意生活幸福美满
中秋节吃糍粑的历史悠久
大约起源于春秋战国时期
是为了纪念楚国大将伍子胥
而流传下来的一大风俗

2020年9月14日于四川自贡

秋之硕果

经过春夏的孕育

缀满枝头的果子十分诱人

当我路过李子林、葡萄架下时

望着晶莹剔透的果子

好想好想摘下尝一尝

享受这鲜果的味道

过一过神仙般的生活

小时候有过亲历亲为

在田间地头

我们刚丰收了稻谷

又收获了玉米

见着屯满粮仓的劳动成果

真为老百姓骄傲自豪

一年四季就看秋季

是因为经过春的播种

夏的管理

劳动人民用心血汗水

浇灌出了饱满的果实

才有秋的收获

为此

不管体力劳动还是脑力劳动

都需要经过辛勤播种

精心培育和周到管理

才有丰收的成果

2021年8月10于四川自贡

庆国庆

踏入十月一日这喜庆的日子

看祖国上下红旗飘飘

隆重庆祝祖国七十二周年

回望天安门城楼

伟大的身影

发出的铿锵声音

"中华人民共和国成立了"

响彻全国

从此贫苦人民挺起腰板

逐步过上幸福生活

看祖国上下山青水秀

工人农民喜笑颜开

吃饺子蒸蛋糕

祝福祖国繁荣昌盛

看卫星上天

建宇宙空间站

月球车登月

科学技术高精尖

贫困群众全脱贫

祖国建设飞速发展

看小康社会已逐步实现

中国有强军梦

领空领海不容侵犯

实现和平共赢

是全中国人民的共同心愿

2021年9月30于四川自贡

立冬

冬
你让人心寒让人酸
老人怕寒小孩怕冬
冬又是蚊蛹的过冬日
也是我们收藏阳光的日子

越冬
也要把牛羊的牧草备齐
要把土地翻一翻
开春才把种子点

冬天
又是一个坎
秋季储存的粮食基本用完
人们生存进入低谷

立冬
也是季节的转换

意味着万籁俱静
人间都在休眠

冬季
意味着孕育春天
把种子选好
等待播种的时间

2020年11月8日于四川自贡

冬恋

冬天进入低温
但是对人类来说
可是及少生病的季节
冻死苍蝇未足奇
就是说的是冬季

在冰天雪地的北方
人们蹲在温暖的地窝子里
有炕也有暖气过冬不是问题
所以不管是人或动物
都愿意过冬季

南方的冬季也很有趣
冬天是植物自然生长的季节
根本不需要人去管理
大部分农民待在家里休养生息
为开春劳动储备体力

冬季不管是南北东西

人们可以放松身体

尽情踏雪或锻炼或游玩

努力寻找冬季的乐趣

这也是冬季的魅力

冬天大雪覆盖

腊梅吐蕊显示冬季的活力

冬可以让我们冷静下来

思考人生的意义

为此我们更恋美丽的冬季

2020年12月22日于四川自贡

让想象穿越

穿越不是在城市间行走
而是想象在城市中穿行
小时候没有进过城市
想象走进县城商店
路过超市
来到纪念馆
这里有江姐
那里有龚扇、有井盐
文商旅就摆在街对面
街区有龙虾
还有金店
富顺有名豆花
春八羊肉汤就在眼前
红火锅、烤全羊
牛排、西北王十分全面
想想古代
来到今天
农耕与机械

就在时空中穿越

铜板与电子货币

走近人们生活

洋枪与飞船同住苍穹

还有宇航员

也出现在宇宙空间站

月球车开进了月球

这都是我们科学技术的高精尖

2020年12月29日于四川高县

天上有颗星星是父亲

小时候
妈妈最爱指着天空的星星说
我们每个人都有一颗
属于自己的星
而最亮的那颗是父亲
因为那个时候
父亲已经去了另一世界
当我望着天空发呆时
星星的温柔感染了我
我不再那么粗鲁
父亲总会用他的光亮提示我
生命的意义在于成长
父亲在为我站岗放哨
也在为我保驾护航
有一次
我身上长了一个疮
到区医院做了一个手术
父亲用星光的银辉

撒在我伤口上

我的痛不再那么强

青年时我迷失了方向

父亲又在眨着眼睛

指引我前进的航向

父亲是那么伟大

把最后的光都奉献了给我们

兄弟仨、姐妹俩

2021年6月27日于四川自贡

打疫苗（一）

新冠疫苗
你好不容易来到我身边
就被需求人群抢去
你的重要性
关乎全体国民身体健康
和生命安全
疫苗就像生命里的抗生素
注入它可以增强体内抗毒能力
有了疫苗我们就不怕新冠肺炎了
近期
全国各地精心筹备和有力组织
把疫苗送进千万个体
全国人民自觉自愿维护秩序
创造了防疫新冠的注射奇迹
一天两千例
由于你是全国人民需求的抗体
注射疫苗场地
排号等待签字登记

根本不用保安维持秩序
注射的医生也是那么尽责
扫码出库
注射是井然有序
这样一座城市要不了一月
全体国民都给拿下新冠防疫

2021年6月3日于四川自贡

打疫苗（二）

人山人海的疫苗场所
把久违的人们聚集在一起
这是史无前例的相遇
你拿出耐心的等待
我付出时间的豪迈
大家都是为了共同目标
把新冠病毒驱除出
身体的大门外
全民族重视的抗体
就这样走进你的血脉
为了你的身体健康
才苦心研制减毒疫苗、蛋白亚单位等疫苗
感谢为人民造福的
医学科研团队
是你们拯救了
大多数人们的性命
历史会把你们记住
记住你们的千秋伟业

2021年6月29日于四川自贡

祭祖

今年清明

国务院倡导文明祭祖

看来只有在网上祭祖了

网上祭祖

也是向祖宗说说心里话

祭祖是中国人的传统习惯

也是后辈向祖先倾诉酸甜苦辣的大好时机

你看清明

芳草萋萋万物静默

在表达对祖先的崇敬之情

表达对长眠于地下祖辈的养育之恩

是他（她）们用生命给我们创造了幸福生活

可以想象在苍穹

老祖宗还关注着我们

希望革命的后代

弘扬中华民族的光荣传统

把美好家园建设作为我们的奋斗目标

为祖国为人民为后代做一个好榜样！

2021年6月28日于四川自贡

生日

一个五色蛋糕
标上名字
配上水果拼花
伴着生日歌谣
诠释一个有意义的日子

许下一个心愿
吹熄光烛
现场一阵欢呼
伴随喇喇的切糕声
享受一段快乐的时光

生日的良苦用心
制造快乐的氛围
赞许走进花甲岁月
慕峥嵘过往
开启一个全新的旅程

过程的完美设计

追忆从前

历经坎坎坷坷

难忘的日子

展一片片光彩心情

小辈们呵护生日

激起涟漪

唤起对吾辈的尊敬

家风的传递

演绎一段家世的传奇

2020年4月20日于四川自贡

乖乖女

你是天使

自降落人间

就为全家带来无穷的欢乐

爸妈为你骄傲

记得你小时候很听话

放学回家总要给爸妈一个微笑

在学校你通过自己的努力

当上了班委

这时爸妈为你自豪

从小学到大学

你是如此勤奋

把学习成绩提高

班领导可是要全面发展

也得到班主任、校领导的肯定和教导

毕业后选择了银行工作

再苦再累你也不急躁

可有一天

你放弃了远大理想

工作止步不前

父母为你把心操

希望你趁年轻

好好把工作干好

调养好自己的身体

重新振作

为中国梦付出自己的辛劳

为国家争光

到那时候你仍然是家里的骄傲

和家里的宝

2021年5月28日于四川自贡

狮市古镇拾遗之一

少小游走狮子滩，
卖菜融入场镇间。
繁华物流数第一，
市场管理真够严。

青年就读新二仓，
狮市古镇不能忘。
川主庙前看川剧，
山上建校运土忙。

挑水运炭蒸午餐，
稍有空闲逛街前。
江边爬坡上场口，
依山傍水古街沿。

政府办公坡中段，
赶场人流前后窜。
小学摆在花园坳，

酱园建在坡上面。

油房粮站制高点，
沿街茶摊和饭店。
方便城乡食和住，
街区文化浸心田。

我有一亲街沿边，
贫穷居宅崖上建。
工作就在区粮站，
家有人口五大员。

同学几个街里面，
串门走进胡同边。
熟悉坡街镇特色，
少时记忆仍新鲜。

政府保留旧风貌，
古色古香狮子滩。
如今开始建古镇，
古驿文化世代传。

2021年2月10日于四川自贡

狮市古镇拾遗之二

石梯

石梯是狮市古镇的一大特色
青石板，石板道
蜿蜒上山坳
沧桑的容颜
古色古香难改变
狮市古镇的青石板
是古镇的一道风景线
曾经的运盐古道
运盐人来自天涯
在石梯上留下难忘的印迹

川主庙

搭一个小小的二楼戏台
让赶场群众欣赏戏剧小品
二十多平方米的舞台

把地域文化承载

这就是川主庙的功能

川主庙的风采

记得有一次深夜

在灯光的照射下

舞台上进行了川剧及小丑的功夫表演

让赶场群众享受了一场

视觉盛宴

油房

油房建在上场口的山坡上

嘣咚嘣咚的榨油声

在整个街道回响

那时油坊是集体性质

后来承包了每斤才榨三两

或者按多少菜籽榨多少油计算

我有几次好奇路过

观看了整个榨油过程

学习到了许多知识

可如今榨油声音已渐渐远去

成为人们对历史的记忆

粮站

记得在我十三四岁的时候
生产队要交公粮
挑着谷子
途径八里山路来到狮市粮站
后来粮站由新二仓
改到油房坳坡前
那时交公粮很麻烦
谷子湿了要晒干
才能交账算钱
如今已承包给个人单干

小学

我不到十二岁时
代表五桥王家庙小学
参加狮市区的少年篮球比赛
就在狮市小学开赛
不大的操场
但也足够当作一个比赛场地
说来也可笑
乡下娃娃连运球都不会
就参加比赛

时常抱着篮球走路
后来真巧
我高中的同学留校任教
任职狮市小学校长

新二仓

那是我两个班的同学
一起念高中的地方
富顺二中狮市分校
就建在新二仓山上
高中时期
把时光都消耗在了这里
"文化大革命"的中学
最劳神的就是建校劳动
最有意思的就是勤工俭学
走出去、请进来
忆苦思甜就是学校的教育
等到我们毕业，校舍已建好

酱园

偶然一个机会

参观了狮市酱园厂

只见花园坳山坡上

摆满了酱油罐罐

和晾晒的满筛满园豆瓣

一进酱园，一股清香味扑鼻而来

如入神奇的境界

后来酱园不知去向

如今很是怀念

2021年3月18日于四川自贡

我的母校新二仓

一锄一锹铲出了前进之路

一担一车运出了新的希望

一砖一瓦盖出了学生的梦想

我的母校新二仓

就建在沱江边的山丘上

在这里可观江河

也可以览古镇风光

富顺二中狮市分校

是盘古开天地古镇的荣耀

她培养了一代代中华学子

也支撑了古镇文化的宣教

如今莘莘学子遍布祖国大地

在教育、科技、金融和行政岗位上

都有新二仓培养的同窗

母校，你在狮市古镇虽不起眼

但你是培养人才的摇篮

也是广大学子的天堂

你用石头垒起高墙

也隔不断学子的期望

教室、操场、校舍还是那么闪亮

蕴藏着同学们郎郎的读书声

晨读、晚自习的青春倩影遍布整个山冈

老师的讲课声铿锵有力

响彻新二仓的课堂

回荡在整个狮市古街上

新二仓山上的神奇故事

还在传唱

这是狮市古镇的骄傲和荣光

2021年4月3日于四川自贡

依恋故乡

提起故乡
那是游子的心痛
屈指算来
离开故乡四十多年了
在外打拼并不算好玩
我也算只身闯荡的大龄青年
不到十八岁当兵离开家乡
退役安排工作又在他乡
尝够了离开家乡的酸甜苦辣

出门在外
难免产生思乡之情
在多少个不眠的夜晚
总是从故乡的梦境中醒来
家乡的人和事
总是历历在目
在外的时间
割不断思乡的情结

时刻牵挂着家乡的发展

回家的感觉真好
除吃喝不操心外
还可在亲人的带领下
看看家乡的发展
纵观千变万化
但亲情友情始终不会变
看到家乡的一山一水
还是那么亲切
就像一个游子
对家乡的建设
总是那么牵挂一样

2020年8月16日于四川自贡

荒冲

居家不远处
有一条荒冲
传说着久远的故事
这个荒冲
是农耕文明开始就有的
它地势倾斜
中间梯田一层叠下一层
遇到山洪
就会冲垮田埂形成缺口
导致粮食歉收
故此而得名

这条冲右方有几家农民居住
冲下游也有许多农家房屋
左方有一条通往邻村的大道
这条道翻山越岭
到达县城
冲里的稻田和冲两边的土地

可供村民种植生产

由于历史原因
稻谷总是减产
改革开放后
每家承包土地
冲里的稻田获得大丰收
村民喜气洋洋
男女老少过上幸福的生活

1977年的一个冬天
村民为了欢送
一名青年入伍到部队
在这条冲的余家大坝
办了一场十余桌规模的盛宴
开启了该村孩子走进部队的先河

发生在这里的故事很多
有上山下乡插队
有到这条冲种地的知识青年
有3511钻井队到这里钻探石油的痕迹
还有此冲深藏着
一条金黄鳝的传说

荒冲从旧社会

到社会主义小康社会
已经发生了翻天覆地的变化
农家小洋楼此起彼伏
如今高速公路横穿而过
不同色彩的养殖厂
和勤劳善良的农民
已经踏上了小康生活

2020年8月12日于四川自贡

情系五桥乡（歌词）

川西大地五桥乡

贫瘠土地不产粮

养儿育女多农忙

当地官员心善良

带领群众奔小康

响应号召建新庄

父老乡亲把心放，唉……

喂猪喂牛又养羊

脱贫致富住楼房

五桥有了新模样

美好生活民富强，哟……

巴蜀富顺五桥乡

党员带头建桥梁

团结一致勤帮忙

既种庄稼又联网

青年才俊学文章

朝气蓬勃放光芒

留住人才勇担当，唉……

建设家乡来安邦

互帮互助好榜样

未来生活更富强

在外游子心飞扬，哟……

2021年6月23日于四川宜宾

难忘那初恋的感觉

初恋是美好的

也是难以忘怀的

记得那个月明风高的夜晚

我们在池塘边

一双倩影倒映水中

似热恋中的情人

是那么可人

记得你说这月好亮哦

我没反应过来

则不假思索地回答

乡村的风硬

没城里温柔

记得那夜昰我当兵探亲

经过亲朋介绍

与你相约

农村也没地方耍

吃过饭我们就选择了池塘边

这就是农村青年男女的浪漫

这一夜我们谈得很多
有理想有抱负和未来
那一夜成了我们
走进婚姻殿堂的关键一夜
后来我们有了
可爱的宝宝
和幸福的家庭

2021年8月11日于四川自贡

评《你是我的唯一》

读吴总编的新诗《你是我的唯一》，给我的感觉是全诗清新自然，文辞雕琢细腻，像一股干净的清流汩汩地从心中流淌，读者都会被诗中美好的意境所感动，促使你激情澎湃，让你的心绪缓缓踏入纯情的旋涡。吴总编的诗词既有古典诗的美，又有现代诗的韵味，是古典与现代爱情诗的完美融合，我读着读着就被感化了。吴总编的诗的魅力，不亚于一道美味可口的精神大餐，把感情注入你的心海，让你愉悦，让你开心。

如"蓝色妖姬，你来时秋风扫地，我喜极而泣；当诗情画意，你走时乱了四季，我忧郁成疾"和"上官无极，你来时潇洒无比，我垂涎欲滴；当研墨成痴，你走时无人能及，我伤心泪涕"，表现出作者对妖姬和上官的喜爱，离开之时的伤悲。"掌心佳丽，你来时芳草萋萋，我茳芏蓠蓠；当一心一意，你走时留下秘题，我昼夜冥思"是对佳丽命题的酷爱和苦苦思索。"红颜卿伊，你来时越女齐姬，我不饶不依；当马不停蹄，你走时不留余地，我垂头丧气"表达了自己的内心情感。"妩媚知己，你来时不离不弃，我情眼迷离；当今生唯一，你走时冰冻三尺，我风月绝迹"表述对妩媚知己的困惑，当"你"走了"我"也随之而来，不离不弃。

这里头有很多具有个性的人物，和与她们之间的对话，表达了作者的喜怒哀乐。如"调皮梦妮，你来时不期而遇，我为你涟漪；当碧空万里，你走时夕暮犹迟，我遥遥无期""未娶娇妻，你来时满心欢喜，我如胶似漆；当惺惺相惜，你走时坚定不移，我神情呆滞"，这一节又像是在写自己，娇妻与君的聚散别离，"你"坚定地离开，会使作者六神无主。"粉红佳丽，你来时鲽鹣比翼，我兰亭赋史；当松下置棋，你走时红颜别痴，我忘了自己。"感情深厚的一对伉俪，促进"我"赋写历史，甚至忘了自己。"蓝颜菱熙，你来时迷恋象棋，我目光交织；当心安神怡，你走时相睹无视，我面徒四壁。"表达了自己的内心世界。

"蝶恋卿伊，你来时甜言蜜语，我随心所欲；当青云万里，你走时深蔽宫邸，我皆是回忆。"蝶恋爱卿的甜言蜜语使"我"开心快乐，"你"从宫廷出来，我全是回忆。

"千年宠溺，你来时泉州故里，我驷马奔蹄；当登峰造极，你走时云雾须弥，我红尘空虚。"千年爱宠的"你"来泉州，让"我"四处奔忙，"我"也愿意。"你"取得巨大成就，"你"的离开让"我"空虚。

"繁星兰妮，你来时霓虹灯稀，我白衣一袭；当思念成疾，你走时落花成泥，我枯词奠祭。"兰妮的离去让"我"很悲伤，甚至思念成疾，"我"无言祭奠很自责。"吴陈珍熙，你来时满脸痘肌，我坚持排挤；当称兄道弟，你走时一行瘦字，我慌乱绝笔。"你""我"的交往是一种痼疾，

"我"很排斥；称兄道弟，感情深厚，又不忍留言，"我"慌乱绝笔，无言以对。

"花晨月夕，你来时华灯井市，我灯火不熄；当荣归故里，你走时破碎支离，我心痛不已。"这两句表现出"你"来时，早上走到晚上，"我"依然等待。当满载荣誉，"你"离开时"我"无比难过，伤感且心痛不已！

"潇湘伉俪，你来时喜结连理，我心有灵犀；当浓情蜜意，你走时挥手一别，我旷视孤寂。"一对潇洒伉俪，完美结合，"我"也仿佛置身其中，同样有一种幸福感。当渡过深情的蜜月，"你"从"我"身边离去，"我"十分孤独寂寞！

整首诗五大段十五小节，都在谈兄弟之情、朋友之情、爱人之情，写出了人间的真情无价！

2021年5月28日修改于四川自贡

端庄的大佛

乐山大佛，坐落于三江边
他端庄，双手放于膝前
两眼成直线
注意力集中在江对岸
他眼观六路耳听八方
不敌江潮，能保平安

大佛的工匠们太伟大
山因佛名，佛依山建
仅大佛的手指就有二丈三
大佛的头之大
肩之宽、臂之长
人间罕见

是谁的想象
塑造了大佛的尊严
形体庞大，逶迤绵延

若大佛被撼动

定将翻江倒海掀巨澜

2019年2月25日于四川高县

蜀南竹海

一竹一叶总关情

四川长宁县漫山遍野的翠竹绘就的竹海

一个竹产业基地

锻造了世界竹海之最

这里的竹荪蛋

玉兰片

笋子

汇成的美食闻名遐迩

大胡子老头竹根雕榜上有名

头大胡子长

看竹子區上

刻下了中国文字革新的痕迹

大自然赠予竹筒饭

竹子宴

景区吸引

天南海北游客到访

赏竹享受天然氧吧

七彩飞瀑

翡翠长廊和忘忧谷

仙寓硐等景点伴你入仙境

七彩飞瀑看瀑布

青龙湖上荡小舟

让游人流连忘返

在熊猫基地

感受竹子的奉献气节

竹海著名的竹姑娘

不用邀请

就张开胸怀拥抱你的到来

发表于《四川法制快报》

2020年11月29日于四川竹海

建筑工人颂

你挖基脚，挖出了理想
我运土方，运出了希望
你架钢筋，架出了风骨
我浇栋梁，浇出了宝藏

工地上
机器声、号子声不绝于耳
声声连着工人们的向往
高层楼房矗立城市中央
是咱们工人奉献的力量
建筑师把人们的愿望
设计成密集的楼盘
遍布全国城乡

多少个日日夜夜的忙碌
不管风吹日晒和雨淋
工地上
都留下了建筑工人的影像

汗水和泪水浇筑
这美丽的异乡

白天太阳光为我们煮饭
夜晚煤油灯为我们照亮
一砖一石垒成了幸福大厦
同时
也把咱们工人的心灵筑强

2020年10月14日于四川自贡

云途

轻飘飘来到
高山大海上空
呈现出厚厚的白
透过淡淡的蓝
你时刻都在向我们展示
美丽的苍穹

高温把你喂养
大气层给你生命
强对流把你推动
生出了一大堆娃娃
你的作用不可攀比

聚散的生命力
时而在空中高飘
时而围绕大山低走
不断变幻着姿势
直到完全融入黑暗里

大地和万物都依赖你

幻化成五彩云霞

一声惊雷划过

把黑暗击碎

显示出你强大的威力

倘若人间没有云途

那就没有疾风暴雨

没有挡住太阳的力量

也就没有洁净的空气

云一路走来

凸现了高贵典雅的气质

2020年7月25日于四川自贡

游仙市古镇

悠久的古韵浸润一片蓝天
斑驳陆离的青石板沧桑耀眼
名扬省内外的糕点上了国际频道
沿街高挂的大红灯笼也是一道亮丽的风景线

婉约古镇千年寒烟
古色古香的庙宇
把一条条街道紧密相连
穿过时空的客栈
似武大郎在这里开店

睡佛休眠凝思旷远
把相思树栽在釜溪河边
古镇思绪拉回到一千四百多年前
如今这里的人们还在仿古
盐码头的历史足音遥远

这里是全国特色景观古镇

汇聚了多少名家豪杰
把古镇的文化遗产再现
仙市之仙
令游客们流连忘返

发表于《四川法制快报》
2021年7月25日于四川自贡

团政委选我当打字员

那是1978年秋天，团里路竣功政委到榴炮二连搞调研，那时我才十八岁，在通信员兼文书岗位，连队出了一期板报，我写了一首短诗："樱桃好吃树难栽，不下苦功花不开。幸福不会从天降，真才实学等不来。"路政委觉得我写得不错，随后就把我调到团部军务股当打字员，一干就是十二年。

路政委是山东人，个子高大，善良、耿直、平易近人，人气很高，是团里公认的好首长。调到团里，我要感谢他，是因为他对待士兵不分省份、不分地域，还没有架子，能和士兵打成一片。

当时的我，也不算优秀，也不是高学历。刚读了高中的我，论学历在团内还算可以，但和政委比，就差得太远了。记得刚入伍那年，我被侦察排排长选入侦察班，下半年就被连长调到文书兼通信员岗位。

被团政委看上是我的幸运，只不过我肯学肯干，对人和气，爱招呼人，也肯帮助人。在通信员兼文书岗位，端茶、倒水、洗衣服、打扫卫生、擦手枪可是把好手。另外，制订军事训练计划也是数一数二的。

在连队，人际关系没地方那么复杂，可以说战友间无私情，任何事情都坦然相对，相互理解，相互包容，同时军令如山。思想优良、政治坚定、作风过硬是军队的好传统，值得发扬光大！

在团部，每天除干好打字工作外，股长还安排我们每天写写字、看看书。首长还鼓励我们考函授大学，考陆军学院，鼓励我们积极进步。在团机关，形成了你追我赶、相互促进的良好风气！

刊登《醉歌文苑》

2019年8月24日于四川自贡

影子

我走到哪里
你就跟到哪里
你是虚幻的存在
也是无灵魂的肢体
我高你就高
我低你就低
你的突然出现
吓坏了我的心脏
改变了我的脾气
你是无形中的有形
时不时跟随我
无怨无悔
即使在黑夜
你也会在我的身旁
虽然我看不见你
似燕过留声
像人过留名
抬头看月亮

月亮沉默不语

低头看马路

车辆川流不息

我们换了座城市

写完心事

假装没事

2021年8月21日于四川自贡

街舞

单手着地

旋转腾空倒立

多姿多彩

我看过街舞比赛

也了解过街舞训练

那可是青春的驿动

汗流浃背的少男少女们

跳得很带劲

舞姿牵动你我的心

既时尚又优美

新时代的这种潮流

在商场、在广场

无不存在小青年的倩影

街舞融入了童子功

舞蹈，力与美的结合

优雅、有趣、易学

那是少男少女们的主战场

高雅聚人气

是功夫和美的演绎
如今的青少年
有积极健康向上的心态
展示了无穷的魅力

2021年9月7日于四川自贡

海棠花儿开

初春
在绿色的世界
海棠树梢挂满了嫩芽
花儿也悄悄绽放

这是春的呼唤
在灿烂阳光的照耀下
更加充满了活力和激情
正迈着青春的步伐向我们走来

海棠
你粉嫩的笑靥
打开了人们的心扉
似少女的春情萌发

远远看海棠
像一个粉红色的大气球
一阵风过后，片片花瓣随风飘落

像粉色的雪花

海棠花儿啊
你是我前世的约定
把所有的美好呈现
相信幸福就在不远的春夏

2021年3月7日于四川自贡

火锅的故事

火锅起源的一千九百多年来
不管是两汉、三国还是隋唐
不管是重庆人喜欢的麻辣火锅
还是风靡全国的土洋火锅
火锅里都装满了酸甜苦辣咸

薄薄的泥土做成的火锅坯
把鸡鱼鸭肉、汤蹄芋笋包围
在炭火的助攻下逐渐成熟上桌
猪牛羊自告奋勇
把鲜嫩可口的美味献给
贪吃的人类

单纯的花椒和海椒
专门捣毁人们的味觉
让人们的五脏六腑麻木
从而快速通过肠胃
顺利混到肥料里头

给庄稼添力

等到火锅空腹
经过一定时间的蓄积
再与节日
或生日、聚会相约
把美味佳肴奉献给您
延续火锅的传说

2021年2月28日于四川自贡

游高峰公园

今年春节
刚与人们见面的自贡高峰公园
人山人海
尽管在紧张的氛围中
建设者们仍然为我们奉献了振奋人心的风采大片

你看
射灯光线幽远，在天空旋转
观景台上游人如织秩序井然
彩虹灯在栈道上形成四条巨龙
在山腰蜿蜒盘旋
八公里的栈道上人们川流不息似一道景观

投资5.5亿元的公园
是人们的休闲胜地
也是城镇居民观光、旅游的好去处
还是聚人气、让人们放松的广阔空间

你看盐韵广场

跳坝坝舞的大哥大姐们

舞动自豪的腰肢

跳劲舞的小孩青年

尽情地展现青春

围观群众也越来越多

还有卖儿童玩具的大哥哥大姐姐们

也装点成一种的景观

大人小孩老少爷们

一串串地向山上攀缘

每条人行道，每一条栈道

都留下难以忘怀的纪忆

把二十余个景点

拍成短片留下来长久欣赏

在沿途的喇叭声中

广播员优美的汉英双语

为你导航

人们绕过一座山，越过一座亭

踏上一座桥

在长长的栈道上尽情地游玩

公园还有一个景点就是儿童乐园

在那里可以玩沙子、骑马、跳蹦蹦床

滑滑板、过天桥、爬斜坡和荡秋千
是啊
从早上七点到晚上十点
是公园最热闹、人气最旺
和人们健康锻炼的好时段
由此可见，高峰公园
见证了时代的变迁

2021年2月22日于四川自贡

大红灯笼

过年
满街的大红灯笼
高挂在房檐上
把喜庆带给人间
这是丰收的展示
是人们放下一年的劳动
庆贺一番的象征
在大红灯笼的映衬下
农民脸上露出甜蜜的微笑

大红灯笼喜庆
也是迎接新年的开端
欢送鼠年
迎接崭新的牛年勤奋
金牛获春喜连连
仓鼠离去不留恋
横心誓扫官仓鼠
俯首甘为孺子牛

相信大红灯笼会给我们带来
顺顺当当的新一年

2021年2月4日于四川自贡

心灵美的女士

我去医院输液的路上
一位大姐闯入我视线
她忘了带钱包
在乘公交车支付不了钱的情况下
另一位四十多岁的美女
主动帮助其支付了公交车费
化解了这个乘客乘车的尴尬
这位美女不但人长得好看
而且心灵也美
她树立起人们心中的美好形象

车窗外一丝丝暖阳把爱心衬托
看着车辆前行
广播里正在播放
"各位乘客请为老弱病残孕妇让座"的声音
如今做好事的人好像不多见
有气质、略显高贵的女士做好事的就更少了
诠释了没有一定的道德修养

是无法做到心灵和行为共美的

人们无法体验到
做好事的荣耀
这个女士心灵美和行为美的完美结合
把精神文明充分展现

2021年1月27日于四川自贡

等你

我们在人生的十字路口
面对过往与展望
互相等待
我痴痴地等待你的到来

曾经由于年轻而忽视了光阴
等到眼角爬满皱纹
青丝染成白发
就很难选择无忧无虑的韶华

一个方向是责任与担当
另一个方向是追求梦想
我在青春的驿站等你
等你选择更加明朗

那个成熟的季节
命运变化无常
我等待你冲向前方

让青春的活力发热发光

人生有许多等待
幼年等待不断的成长
少年等待青春的痴狂
青年等待事业的打拼

还有
中年等待少年的梦想
老年再没有懵懂的锐气
终在人生路上等待你领航

2021年5月5日于四川自贡

渴望的眼神

在爱琴海购物公园
偶然遇见你
用含情脉脉的眼神望着我
是渴求爱还是期待爱
我看不明白

流连巷陌间
与城市共悠然
在自贡市历史文化旅游街区
城市会客厅里
你用眼神向我表白

在爱琴海购物公园
你身材苗条、五官匀称
说话温柔
稚嫩的脸上透出红润
你是美丽的仙女

越过繁华

心归另一种风华

这种眼神是地道的自贡味

把真情流露

记住这一刻，幸福我一生

在爱琴海购物公园

有三街四巷和六庭十二院

这种爱的目光闪烁着光芒

把深藏在心底的情感

传递和释放

你吃点东西吧

我问她，她两眼望着我

好像眼睛会说话不用回答

有爱就能走到一起

潇洒

2020年12月31日于四川自贡

爱的表达

爱像一棵树悄悄萌芽
等待姑娘小伙去攀爬

朦胧的夜在河边漫步
把爱相互倾诉

石桥旁相互依偎
花前月下把爱表达

柳条依依正孕育
男女情爱在升华

西湖旁
你看池里的并蒂莲
正向我们招手
诠释青春的爱恋在开花

蝴蝶泉边蝴蝶飞

似鸳鸯戏水
好比牛郎会织女的牵挂

公园里我们手拉着手
来回穿越，讲着温暖的情话

情侣缓步从池塘边走过
荷花也会把爱迸发

到了中年
根本不需要把爱说出口
只用一个眼神
一个手势就把爱意表达

2021年7月5日于四川自贡

清流

清澈的泉水
汩汩地从我身旁流过
它流进我的心里
融入江河
奔向浩瀚的大海

清流就是祖国的血液
它的清澈就是健康的体魄
涓涓细流
是对绿水青山的呵护
显示着祖国的强大生命力

它来自天空
同时又为大自然服务
在热浪翻滚的夏天
清流又源源不断地
满足对云雾的供给

这就是大自然的魅力
也是循环不止的自然规律
我愿做这干净透明的清流
冲刷人间的
肮脏和龌龊

2020年12月17日于四川自贡

交公粮

挑着稻谷担子

行走在通往区粮站的山路上

这是农民在交公粮

七八十年代

农村政策就是这样

为了工业发展

用一担谷子表达农民的心愿

这担谷子

也能体现农民的艰难与辛酸

工业反哺农业

农村需求的化肥、农具等

工业支持

农民种粮积极性不减

小康社会

农村"苛捐杂税"全免

种粮、养猪、养羊国家补贴

真是政策大改变

尽管如此

农村劳动力仍然留不住

人们跑去城里挣钱

为此北粮南调

乡村振兴任重道远

2021年7月28日于四川自贡

闲逸时光

清晨阳光已透过窗帘

把我喊醒

惺忪睡眼还挂在脸上

就起床

这是个星期六

无外出安排

思想也懒惰起来

昨天晚上老实上网看抖音

东京奥运会

也在紧张进行

不想错过女排

也不想错过男子举重

和女子击剑

金牌已经拿到三块

世界排名第一

我好兴奋

郑州水灾怎么样了

牵挂着

世间事总让人揪心

有人说我咸吃萝卜淡操心

关心国家大事

关注人世间太平

应是每个公民的责任

2021年7月29日于四川自贡

十字路口的风景

绿灯一亮

直行

来回的车辆拉成两条彩色直线

左转，箭头向左

来回车辆画出

两个优美的左右弧线

右行

车辆始终向右匀速转弯

这是十字路口红绿灯功能的展现

现代社会高科技飞速发展

智能交通把事故降到了最低

新中国成立前

街道口都是人工引导

车撞人时不时出现

如今交通管理安全、可靠、方便

我们应该感谢那些

为实现智能交通作出贡献的

科学家们

把智慧交通奉献给了

国家社会

为人类顺利通过路口带来方便

2021年7月20日于四川自贡

五彩城

绚烂缤纷
是每座现代化城市的标识
天空出现洁净迷幻影像的
七彩云南
衬托出那里人心的洁净和豪爽
云南少数民族多
在民族大家庭的五彩氛围中
和谐共生

自贡华商国际城
也有多彩斑斓的一面
你看爱琴海购物公园
围墙上的大幅广告旋转绚丽
独特的南岸天街
灯饰广告是那么耀眼
已开和未开的三百多个门店
文商旅齐全
每个门店都不一样

店门口的小姐

俊俏好看

明亮的眼神在搜寻

来来往往的顾客

釜溪河上空

滂沱大雨刚过

彩虹飞架南北

虚无缥缈

冲击着人们的视觉

让五彩的美

永久留在脑海

神仙妹妹

好想攀爬那座桥把自己陶醉

2021年6月15日于四川自贡

呵护那片绿

工厂、汽车每天吐出大量的气体
形成城市上空的雾霾
仅有的那点儿绿色空间
都被城市污染物盖去

还好
公园、草坪、河边、旁道树的绿
把二氧化碳吸入
吐出人们需要的氧气

但仍在那一片片绿色的山丘上
修建了大量的高楼掩体
把制氧机器砸个稀巴烂
在这片土地上生存的人们
分享仅有的一点点新鲜空气

政府咋了
建筑商又咋了

是要楼房还是要生命

是要金钱还是要绿色

我们强烈呼吁

请保护环境

呵护仅有的那一点点绿

2021年5月29日于四川自贡

晴空

温暖如春的天
湛蓝湛蓝的
偶有片片白云点缀其中
这是万里无云的晴天
是心无杂念的季节
也是让人心情舒畅的境地
你看晴朗的天
纯净的海
让人惬意让人醉
万物复苏
植物伸出了绿芽
迎接那金灿灿的阳光
大雁也从北方飞回来啦
在天空摆出神奇的人字
很是好看
纯净天空让我们产生无限遐想
这是晴空的魅力
是宇宙奉献的又一传奇

2021年4月19日于四川宜宾

环卫工人的情结

晨曦

大妈捡来一束阳光把大地清扫

地面上脏乱差

影响着不少过往行人的心

谁都不希望我们

在满目疮痍的肮脏世界里穿行

为了城市人民的健康和安宁

清洁工人日出而作日落而息

在臭熏熏的日子里摸爬滚打

他们是不起眼的城主

但关注世界的每个角落

城市美丽的容貌全靠他们维护

滚烫的扫帚在地上翻飞

环卫工人的眼里

只能容纳干净卫生

和纯洁的心灵

清扫保洁是他们的担当和责任

别人厌恶的区域

就是他们的战场

可见环卫工人的艰辛

为了提高他们的地位

政府统一了着装

同时设置休息和饮水点

创建国家卫生城镇

行人面带微笑

美丽的城市受到外宾称赞

就是对他们的最好褒奖和馈赠

2021年4月18日于四川自贡

艳遇

电梯里

我碰见了一个神秘的人物

个头偏高的中年

他头上扎了个小揪揪

目光柔和

面容慈祥

这可与搞艺术的气质不搭

我见过搞艺术的

有的喜欢显摆自己

把自己打扮成优雅高贵的样子

但这个人

谈起话来和蔼可亲

就像初春里和煦的阳光

万物吐绿百花盛开

让人心旷神怡

又好像今天是个喜庆的日子

喜鹊登上他的眉梢

春色尽染人间

我们如在享受快乐的幸福境地

2021年4月11日于四川自贡

贺京平兄双喜临门

喜闻京平庆寿辰，
又添孙女即小丁。
双庆诗友沾喜庆，
齐攀高峰又出征。
京平五五好年龄，
财子恒通知天命。
勤奋耕读品硕果，
大衍之年万事兴！

2022年5月22日于四川自贡

腊梅

你坚韧挺拔傲立雪中
不怕冰霜雨雪品格出众
你是人们心中盛开的梅花
经受了严寒

你典雅高贵是春的使者
我敬佩你的热情
赞美你的奔放执着
无私的胸怀是花的榜样

你经受住风浪把馨香供奉
为你而骄傲
你的风骨美了山川
醉了整个夏秋冬

2020年12月14日于四川自贡

人生低谷

天阴沉沉
把烦躁的情绪积压
不宽恕人生
换个环境又怎样

谁把心里的不快拿走
这是父母式的榜样
谁能理解心里的痛苦
就是大夫的心肠

我两手空空
倍感失落
我知道人间充满大爱
激起对生活的希望

可那是少数人的梦想
我思念的人你在哪里
为什么还没有出场

难道我似卑微的人一样

是金钱把爱拒之门外
还是知识的贫乏
越失落的人越得不到宽容
这世道让我何去何从

对，振作起来
鼓起勇气挑战困难
迈过人生这道坎
向着远方，向着梦想进发

2020年12月15日于四川自贡

自甘寂寞

孤独的生活也许是我的常客
宅家或独自一人漫步
纵使与好友往来
也很难要个一天半天
总是考虑对方有无时间

我不喜欢花天酒地
更不喜欢聚集热闹
更多的是独自一人
打发时间
习惯了在安静环境思考

一旦有人闯入我的生活
就像一朵浪花激起涟漪
更像大海翻起滔天巨浪
很久很久都不能平息

人生如戏

总是寂寞相伴

只有孤独找上门来

才有灵魂跟随

判断人间是是非非

2020年11月22日于四川自贡

初冬之韵

初冬
抛开一切烦恼
盛邀雪花的到来
期盼大自然的洁净
让心在冬雪之间徘徊

梅傲冬雪寒
梅把雪花轻轻托起
雪把爱恋抛洒
这是冬天的盛景
也是大自然的馈赠

初冬
我仿佛在梅花上闻到
点缀的紫色香气
是那么沁人心脾
把灵气给予

大雪纷飞时

梅花历经了冬

才更加清香扑鼻

让这世界增添了几分

诗情画意

梅雪覆盖了冬

我多么渴望

在雪花飘舞的时节

享受这满天飞雪的浪漫

多么期望凝固这纯洁的冬季

2020年11月17日于四川自贡

枫叶红

深秋
把绿色化作枫叶红
流水浸润古道
沉淀着时光的沧桑

香山红叶
不辜负一地的金黄
燃烧着秋季的山峦和霜

枫叶红了
把人们的思绪带到
深秋的荒凉

秋是收获的季节
也是枫叶游离的母亲
古典的印象

枫叶是画家的灵魂

肥沃了笔下

美好的向往

2020年10月28日于四川自贡

登高

我们向往高山

也向往大海

是因为我们有进取心

那种居高临下的

感觉真好

不是一览天下风光

而是万事万物

一揽怀中

我们喜欢登长城

也喜欢爬上山顶

那种虚怀若谷

一览众山小的感慨

永远留在记忆中

这是人生的需要

也是伟大的表现

好久没有看到长江黄河了

好久都没有登上

三山五岳了

更没有机会去万里长城
我渴望登高的感觉
更希望有朝一日
情不自禁地高高在上

2020年10月22日于四川自贡

放弃那个秘密

你悄悄对我说
明天要去约会
是想那个男朋友了吧
他身材匀称
脸上透着刚毅的笑容
他情商很高
对感情能把控自如
他有魄力
说起话来惊天动地
就像《水浒传》里的鲁智深
说一不二
人到成熟的年龄
就要去做想做的事情
你别拦着我
我什么都告诉你
放弃那个秘密
他神勇果敢
他富有魅力
他就是男神

2020年9月17日于四川自贡

解码四川话

少午

普通话是中午，与舞、武同音

四川人说话都温柔

也略带钢性

啥子哟

普通话是什么

与不理解、未听清意思一致

四川话很多都是方言

作为四川人，当然喜欢四川话

但更理解普通话

因为学会普通话

走遍天下都不怕

但是在四川省内

四川话听起来更亲切

比如说

你给老子还不来哟

意思是

等你好久了，你咋还没来呢！

语气中带有埋怨的味道

看来要到四川旅游

还得学点四川话才行

你要去吗

别忘了与我联系哟

我会免费教你四川话

2020年10月12日于四川自贡

游青城山

传说青城山好
我们慕名前来
原来山还是普通的山
但庙是独特的庙
和尚和尼姑稳居此地
功德似空非空的箱
不知积累了多少年
这里的菩萨各个活灵活现
烧香拜佛的游客
不时在山上停留
这里有抽签看命运的习惯
我试着抽了个上上签
到庙堂燃一炷高香
已是黄昏
我们匆匆下了山
山下有许多珍奇的古玩
只要你看过淘宝节目
你一定喜欢店里的小器皿

什么摆件什么首饰

应有尽有

玉石和青铜器最有名

价位从几百到几千元

钱未带够

看来只能一饱眼福了

这次旅游

除照几张照片做纪念外

确无他获

下次再见我的青城山

2020年10月8日于四川都江堰

与雕塑家对话

你塑一个我

我塑一个他

这是在与雕塑家对话

你给我塑像

我把竹根刻出个美娃娃

泥巴在你手里玩转自如

我把树头头做成个乌鸦

陶瓷匠手里出碗罐

既有高级的珠宝首饰

又有玉镯和铜塔

金银在你手里想成啥就成啥

也塑倔强的钢铁大侠

你塑鲜艳的花朵

我塑高贵的神马

你把想象塑得那么逼真

我把你塑得神情潇洒

同时要为你安装上五脏六腑

让你的灵魂走遍天涯

天安门广场有雕塑家的身影

人民英雄也让你歌颂

我塑着塑着

就把你的美丽升华

2020年9月28日于四川自贡

爱琴海

爱琴海
你偌大的胸怀
白天人流在你体内穿梭
静谧的夜你不再繁华

爱琴海
数不清的门店
千万种美好愿望
对号入座
把对美好生活的希望呈现

爱琴海
你把审美选择
生活需要、精神慰藉
不断送给广大市民

爱琴海
你高大的框架

支撑起千万个顾客的梦想

东选西挑

把执着的爱心捧回家

2022年10月29日于四川自贡

养育

母亲宽广的胸襟
用一滴一滴的奶水把儿女浇灌
养育长大

一把屎一把尿
从不说艰辛
这就是母爱的伟大

那就是培育
撑起的一片蓝天
把毕生的精力奉献

母亲无私地把营养给予孩子
一切期望都在娃娃身上
孩儿怎能忘记她老人家

世间最珍贵的
就是养育之恩
远方的孩儿怎能不报答

2020年5月29日于四川自贡

男人也怀胎

有一次的梦中
我发现自己肚内
有一个娃娃的影子
这是怎么回事
后来才发现是家属怀了孩子

这个影子
深深地在肚内
扎根了二十多年
直到我的孩子生孩子时才消失

这个影子
是虚拟的产品
也让我思考婚后的生活方式
有担当有责任

这个影子
也许是上帝的安排

把幸福的家庭
生生不息地连接在一起

这个影子
是爱护妻子的前提
也是传宗接代
生命规律的体现

这个影子
是生命的起源
也是艰辛的酝酿
更是锤炼意志的根脉

2020年4月28日于四川自贡

礼物

在我高考落榜后
上天给我当兵的礼物
就像春季
阳光给予大地礼物一样
不断给我惊喜

在我渴望知识的时候
函授大学赠送我本科学历这个礼物
就像及时雨
老师和校友们不断教授中文知识
让我提高自己

在我当兵快要返乡的时候
部队政委又给我志愿兵的礼物
就像秋季
喜悦不断从大地涌出
渐渐收获成绩

在我复员找工作的时候
地方安置办又把我放在了农行
就像甘露
获得感不断从心中流溢

当我在农行退休的时候
部门领导和同事为我准备了蛋糕
为我庆贺六十岁生日
那种自豪感难以忘怀

2020年5月13日于四川自贡

怀念母亲

当儿想起母亲好，
眼泪汪汪往下掉。
母亲育儿又牵挂，
节俭送儿上学校。

管饱穿暖又嘱托，
儿行千里母思念。
母亲嘱托记心上，
游子顾家把钱找。

母亲奉献了一生，
身体瘦弱渐变老。
母亲不幸离人世，
儿女怀念要记牢。

每当时到清明节，
思念母亲生前好。
各种方式纪念她，

一定按她遗愿孝。

母亲天堂可安好，
儿女祭拜不可少。
珍惜人生每一步，
要把事业打造好。

2020年5月11日于四川自贡

母亲给我蒸饭钱

十九世纪七十年代

在国家贫穷

人民缺吃少用的时期

孩子能读书，特别能读高中

是农村最好家庭才能做到的

当时我家很穷

交高中学费

都要挑一担谷子去卖才行

学校蒸一顿饭

就需花两分钱

两分钱也可买一顿豆瓣菜

母亲为了给我蒸饭钱

省吃俭用

积攒了好长时间

这才够我一学期花销

为了我能正常上学

母亲真是下功夫不小

当时农村根本无经济来源

但母亲做到了

这是为了培养小儿子

出人头地

我长大后才感悟到

这就是深深的母爱

人们常说

母爱伟大

我想这就是伟大的母爱吧

2020年5月10日于四川自贡

幸福的眼神

不经意间
与她对视
她眼睛里充满了光亮和自信
这难道就是幸福的眼神

幸福是什么
是对生活的满足
也是对人生的认可
幸福是上帝赐予的条件

自从她的眼神
传递出幸福的感觉后
我彻夜难眠
已经深入我内心

她的眼神让我感动
让我难忘，让我满足
这是从她眼睛里

读出的爱和信任

是她眼睛里有我
对我充满期待
充满感激
也是她内心酝酿已久的反应

2020年4月18日于四川自贡

她的声音让我陶醉

"请坐好"
这是从驾驶室飘来的自贡方言
她的声音好听带有磁性
把我的心儿吸引

她是803公交车司机
年轻貌美惹人喜爱
一见就心动

她端庄稳重
温文尔雅
她气质非凡
犹如女仙

她的声音还在车内回响
我着迷，心荡漾
我品味，心飞翔
我思索，我陶醉

她的声音
让我不舍让我难忘
她带给我热情
她让我放飞梦想

她是我心中的女神
是我心中的力量
纵使千年过后
我依然把她向往

2020年4月6日于四川自贡

初恋

我恋上诗这玩意儿
是在十七岁那年
军营里出板报
我写了一首四绝
当时不知哪来的灵感
一气呵成
后来把诗沉淀了四十年
直到2019年
重拾兴趣
认真去作
可是越作越难

回味初次写诗是美好的
比青年男女谈一场恋爱
还轰轰烈烈
遗忘初恋更明智
因为初恋是短暂的

初恋只能回味

不能重复

让我们告别初恋

去迎接更加灿烂美好的明天

2020年6月11日于四川自贡

那一夜

那一夜
是我离开部队的最后时光
与战友的思念
对未来的迷茫
我惆怅明天的向往

那一夜
离别话儿怎去讲
摸爬滚打十三载
日晒雨淋去站岗
战友情，爱家爱民保国防

那一夜
思绪万千难入睡
想的全是前后方
军转民来多荣耀
离开不能把战友忘

那一夜

是心灵与部队的对话

也在告别军旅生涯

想到今后全新的生活

离开带着对一切的牵挂

那一夜

我睡不着

嘴里不停与天花板对话

半夜还未入梦境

天亮还在想老家

2020年6月12日于四川自贡

情未了

四月春光下
是释放压抑情绪的好天气
我多想到阳光里打个滚
把前段时间的晦气
摔个粉碎

在那艰难的时期
我们一起走过
留下了珍贵的记忆
要感谢那个美丽的世界
把感情分享给自己

感情是什么
感情就是相辅相惜
相互回忆美妙的过去
时光的隧道把你我留住
也把相互的记忆连接在一起

在梦里在现实
我们吐露心声
也在倾诉相互的情谊
直到我们彼此淡忘
再来开启那些美好的回忆

2020年3月30日于四川高县

婚礼

不是亲朋好友聚会
也不是炫耀辉煌、财力
而是告别青春羞涩
进入洞房花烛夜

人生的转折
在婚育年龄
向往家庭的美好
亲朋好友见证婚礼时刻

婚礼现场
几百双目光聚焦
表达爱意和心声
实现建家立业的雄心壮志
表达对父母的孝顺和感恩

婚礼过程庄重
是人生的承诺

婚礼意味着成长了一些
把对家庭的爱抛洒
孕育新生命

婚礼要求我们
要向亲人们表白
把血脉传承
经营家庭和事业
把生存质量提升

2020年8月29日于四川成都

煤

你以乌金著称

显得十分珍贵

你表面很丑

但遇到火会发出光和热

把能量释放

你是无私的

点燃自己照亮他人

你的价值远远高于光和热

你是工业的原料

是人类的研究对象

当石油、天然气用完之后

你就是人们生存的重要物质

因此

人类需要你

离不开你

2020年8月17日于四川自贡

红杏

红杏
是谁的诱惑
让你的身影翻越到墙外
你忘了那里的陷阱多么可怕
你这一出去
就别再想回来

我不希望看到这一幕
墙外可怜兮兮的乞丐
没饭吃没衣穿
甚至无一席之地

你想过没有
那里的豺狼虎豹会吞噬你
还有万丈深渊在等待
你上不了天堂也下不了地狱

你在墙内该多好

有家有室有亲情

妻儿老小围着转

还有亲人的温暖

幸福生活享个够

墙内总比墙外欢

2020年7月13日于四川自贡

观音寺

傍晚

暮鼓敲了八下

把人们的思想敲打进黑夜

平常热闹的寺庙

一到夜间

偶尔一两个路人经过

也丝毫不影响寺庙的高僧念诵经文

白天烧高香的信徒们

点燃几炷梦想

便匆匆远去

每年都来的香客

求个风调雨顺

保佑平安

这座庙宇建在半山腰

依山傍水

通常这里

是求神拜佛的圣地

几乎没有其他人到访

渐渐地成了清修的地方

也是县城唯一的一座寺庙

2020年7月6日于四川自贡

铁环

从前我养了一只小狗
名叫铁环
它是我的心甘宝贝
可爱听话
从不与主人作对

它强壮的身体
盖过了整个山冈
它的肉体
被好吃懒做的鬼子
炖了
幻化出灵魂

从此铁环
失去了自由
离开了我们
怀念它摇头摆尾
在主人跟前

有许多不舍

铁环
能看家护院
是主人家的忠实成员
我们怀念
愿天下好心人为你申冤

若你再投胎
我依然把你豢养
在你生命的旅途中好好保护你
让你与我们相伴一辈子

2020年7月3日于四川自贡

往事如烟

时光悄悄爬上前额
难免留下岁月的痕迹
不在乎从前
是因为历史长河太遥远
记忆中的幼稚
谁都不把成长的教训
留给自己
总是回忆毫无意义
甚至做一件好事
都不必挂记
一个人的世界很孤独
也很渺小
一个人的行为
也不需要被重视
人生的过往都不重要
往事如烟已成定局

2020年7月2日于四川自贡

荷

你的花朵娇艳欲滴
似一个鲜活的生命
有了你
世界才会变得多彩美丽

慕名而来
就是为了一睹你的芳容
圣洁，美丽
你是多少作家诗人
笔下的仙女

你与太阳携手
奉献五彩斑斓的花朵
绿叶也衬托你
带给人们不灭的记忆

荷，向游人默默奉献着爱心
满湖亮色

彰显无穷魅力

荷与荷塘相伴

不离不弃

2020年6月29日于四川自贡

童年的世界

跨入现代幼儿园
体验大操场大教室
在丰富的教具里遨游

童年的世界
是"脑洞"大开的乐园
不用走出幼儿园
城市生活、城市文化
都可在教室里呈现

在自贡这座有盐有味的城市
把爱森幼儿园打造成标杆
这里的教学
分专业授课
每节课也会到专门的教室

一日三餐
孩子在这里享用

每日八小时，孩子在学校
华夏班、国际班
任由你选择

这个幼儿园是国家培养体育人才的地方
一切教学都按专业标准
从小授课

在七八十年代
哪有什么幼儿园
我们的童年时光
都是在家里度过的
玩纸板、滚铁环
受哥哥姐姐影响
那时思想单一
识字写字都要到七岁

年代不同
区别之大
感恩时代
给我的孙辈创造出这样好的学习环境和条件

2020年6月19日于四川自贡

父亲

父亲是在我一岁时离开的
给我的印象是静止的
除父亲的遗传基因外
确实感受不到任何父爱
孩子们也没有责怪之意

也许命运就是这么安排的
没有父爱
未享受过父亲的严厉
父亲的责骂
后来仅靠母亲和几个哥姐把我抚养长大
总觉得缺少点什么

父亲虽然离世
但赋予了我生命
把艰苦奋斗的精神
传承了下来
使我磨炼了意志

在成长道路上自强不息

虽然我那时候还不懂事
也没什么记忆
但是对父亲充满了想象
想象父亲的慈祥
想象父亲的宠爱
想象父亲一切的好

2020年6月14日于四川自贡

站在高山望大海

碧空
大雁飞南方
春宵一刻映琼海
站在沙滩上
思绪万千

天高
春阳育万物
奇景一片照苍穹
站立高山
想象深邃

大海
碧波翻云覆
惊涛骇浪荡心怀
勇立潮头
美景又来

胸怀

酸甜苦辣咸

人生旅途掺百味

不屈不挠

功成名就

2020年3月18日于四川高县

苦难的少年

不是以苦为荣
不是出身贫贱
而是艰苦的日子铸造了血性少年

吃过苦菜
吃过荞面
饱经沧桑的金色少年

也曾孤独过
也曾失落过
人生路上历尽不少坎坷

游过泳
呛过水
历经艰险又一程

练跑步
摔过跤

脸破血流又一遭

迷过路
失过恋
人生遭遇也弥坚

经历过
不后悔
富贵日子万万年

2020年3月14日于四川自贡

过年，宜宾献上土特产

你有丰富的特产
享有盛名的是五粮液
酒味纯香，醉意绵长
只要喝上你的酒
就会上瘾
你生产的川红、早白尖茶叶
很有名
茶浓劲大、提神醒目
也是用了就丢不掉
宜宾燃面、李庄白肉
也风靡全国
燃面口感好又养胃
李庄白肉肥而不腻
营养高
名扬天下质不衰
宜宾好酒好茶好饮食
特产丰富天下传
宜宾，你是久负盛名的天堂

也是好客留客的摇篮
六百万儿女离不开你
你满足了慕名而来的食客
把四千多年的陈酿
和三千多年的茶艺奉献给人类
你是文明古城
也是游客的天堂
谢谢你宜宾

2020年1月19日于四川高县

神汤温泉

有一种神汤叫温泉

是汤不能吃

是泉又是汤

有盐有味有温度

温泉

你是海水经过火山地带

通过石头夹层

被邀请来到四川筠连

泉眼有平口碗那么大

每天有许多泡温泉的人

来医治感冒

调理身心

只要泡上两三个小时

身心轻松面色红润

老会变小

少会返童

神汤温泉

陕西、贵州、重庆、云南

人们都慕名而来
泉池如泳池
水温如体温
泡澡、游泳随客人
时长时短由你定

2020年1月7日于宜宾高县

苍穹

梦中多想有一部天梯
把自己送到苍穹
那里有祖宗的灵魂
也有好看的风景

苍穹宽大的胸怀
容纳过错和失败
也容纳我的孤独
让人感受到母爱的温馨

苍穹，有摇篮曲
许多灵魂得到日夜呵护
但更多时候
我只站在人间
仰望苍穹
把灵魂寄托

2019年12月7日于四川自贡

妈妈站在等待的路口

妈妈在我当兵的时候
经常往五桥坝坝路口走
每天都朝着儿子入伍的方向
等到天黑的尽头
望儿回家就是她老人家的守候

望够了也会打柴做饭
有时也会到地头种种红苕豌豆
也会把腊肉保存到发霉变质
有一天儿子突然回到她的身旁
妈妈的泪水就把储存的思念冲走

千言万语不知从何开口
想看儿子穿军装的样子
第六年的时候
儿子以专业军士的身份
站立在母亲面前

儿子十几年的奋斗

练就了一身金钢铁骨

能为国家抵挡入侵

能为劳动人民保驾护航

也是妈妈的骄傲荣耀

2019年10月25日于四川自贡

能揣着走的自贡味道

据说自贡的冷吃兔
要做成产业
实施规模推广
在2021年
中国自贡首届冷吃兔大赛上
你看菜品展示区
金黄色的
刺激味蕾的
小砣砣兔肉色香诱人

在大赛的比赛区域
十五张厨桌摆满了调料
清油和厨具
等待兔肉下锅
戴高白帽的
着白卫衣的
带着厨帅参赛资格证的
师傅们特别耀眼

经过宰、淹、烹

不一会儿工夫

金黄色、鲜嫩味美的

成品冷吃兔就上了裁判桌

这次大赛

吸引了不少人观赏体验

商务局承诺

自贡市冷吃兔公司介绍

冷吃兔将揣着自贡味道

走出四川奔赴全国

2021年10月16日于四川自贡